王さま

はじめて王国の　王さま。
「はじめてのこと」が　大すきで、
いろんな　ことを　思いついては
みんなを　こまらせる。
とくぎは　古い　文字を　読む　こと。

王国で　一番の　しきしゃ。
みんなに　たよりに　されると
ことわれないのが　なやみ。
さいきん　かぎつきの
日記ちょうを　買った。

きみどり

天才てきな　バイオリンの
才のうの　もちぬし。
めんどくさい　ことは　きらいだけど、
いたずらの　ためなら　やる気が　出る。
とくぎは　ねた　ふり。

？？？

フルートを　ふくのが　じょうず。
かわいい　ものが　とても　すきで
楽しい　ことも　大すき。
友だちが　たくさん　いて、
いつも　いそがしい。

はじめて王国②

ぜんだいみもんの いちごフェス

ぶん・とうじょうさん

え・たちもとみちこ

【前代未聞】
今までに いちども
聞いた ことが ないくらい、
めずらしい こと。

ようこそ　はじめて王国へ。
ここは、はじめての　ことが
大すきな　王さまの
おさめる　国です。

この　王さま、はじめての　ことは
なんでも　したがります。
木に　のぼった　ことが
ないと　思えば、
木のぼりどころか、
とうの　上に
のぼったり、しろの
かべを　のぼったり、
なんにでも
のぼりはじめます。

4

その　たびに、家来たちは、
はしごを　かけたり、
おりられない　王さまを
たすけたりと、
たいへんな　目に
あうのでした。

だから、王さまが

「見た　ことが　ないくらい
いちごを　あつめた　まつり、
つまり　いちごフェスを　したい！」

と　言いだした　とき、
家来たちは、どんなに　たいへんな
ことに　なるかと　どきどきしました。

そこで　王国で　一番　じょうずに
いちごフェスを　できそうな　人に
じゅんびを　おねがいしました。
「かわいい　かわいくない
これは　ちょう！　かわいい。」
それは、ふくも　ぼうしも
赤い　人。いちごを
分けて　います。

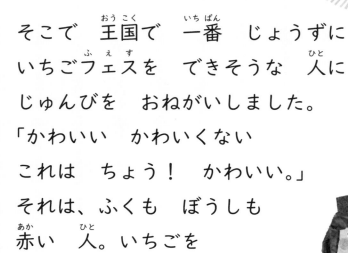

ふくも　ぼうしも
赤い　人を　さがせ

赤い ふくを きた赤は
あしたの いちごフェスの ため
かわいく 会場を かざって います。

「見て 見て！ 白と ピンクの いちごを
ならべたよ。 ベリー キュート。」

ベリー 「とても」と いう いみ
キュート 「かわいい」と いう いみ

オレンジ色の　ふくを　きて　いる
オレンジは、とても　いそがしそう。
赤を　てつだいに　きた　ようです。

「この　つくえを
はこんで、あと　入り口の　はこも。
それから…。」

そして、きみどり色の
ふくを きた きみどり。
黄金の バイオリンを ひきおわると、
テーブルの 上の いちごを 口に
入れながら 赤に 近づいて きました。
「きみどりは てつだいに きたのかと
思ってた。なにしに きたの。」
「つまみ食いしに きたよ。」

「この　いちご
ベリー　おいしそうだから、
たしかに　食べたくなるね。」
赤も　1つ　口に　入れました。
オレンジは　それを　止めました。
「あんまり　食べると　なくなっちゃうよ。
あとは　あした　しあげよう。」
大広間の　明かりを　けして
みんな　出て　いきました。

その　夜。
大広間の　とびらが　ひらきました。
黒い　かげが　入って　きて、

あっちを　うろうろ、

こっちを　うろうろ。

かげは、いちごに
そっと　手を　のばし…。

つぎの　日の　朝。
大広間の　とびらを　あけると、
たくさん　あった　いちごが
ぜんぶ　なくなって　いました。

「たいへん！
いちごが…　ない！！！」

みんなで　いちごを　さがしました。
つくえや　いすの　下_{した}も、
となりの　へやも、キッチン_{きっちん}も、にわも、
やねうらも、あちこち　さがしましたが、
いちごは　見_みつかりません。

15

「まさか、きみどり　食べてないよね。」
赤は　きみどりを　見ました。
「家で　バイオリンを　ひいてたよ。
それに、もう　たくさん　つまみ食いしたし。
でも、オレンジは　1つも
食べてなかったよね。」
きみどりは　オレンジを　見ました。

16

「あんなに　たくさんの　いちご、
ふつうは　1人で　ぜんぶ　食べられないよ。
それに　どっちかと　いうと
いちごより　オレンジの　ほうが
食べたい。」

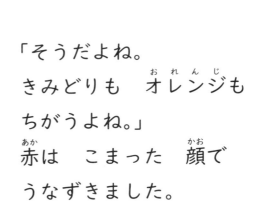

「そうだよね。
きみどりも　オレンジも
ちがうよね。」
赤は　こまった　顔で
うなずきました。

みんなが　くらい　顔を　して　いると、
きみどりが　バイオリンを
ひきはじめました。

「あきらめたら？　きょうは
バイオリンの　コンサートに　するとかさ。」
きみどりは　のんきに　言いました。

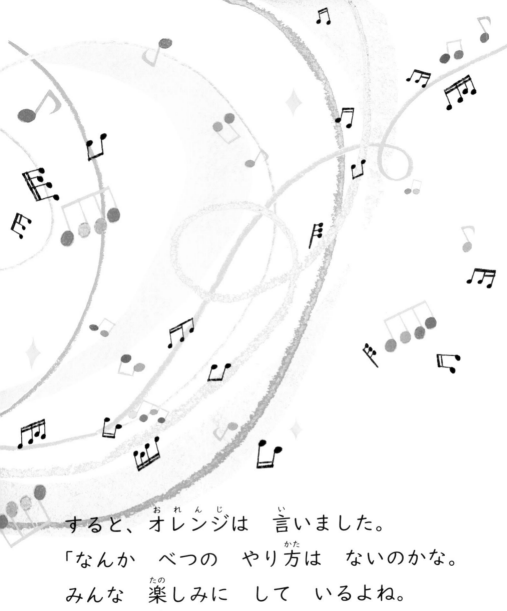

すると、オレンジは　言いました。
「なんか　べつの　やり方は　ないのかな。
みんな　楽しみに　して　いるよね。
まだ　時間は　あるから、
みんなで、いちごを　あつめるとか。」
その　ことばに　赤も　顔を　上げました。

19

赤は　市場に　行きました。市場の
おばさんは　ざんねんそうに　言いました。
「ぜんぶ　しろに　もって　いったの。
ここに　あるのは、　つぶれて　売りものに
ならないのが　少しだけ。」
「それじゃあ　ぜんぜん　足りないよ。」
赤は、がっかり。
つぶれた　いちごを　もらって　帰りました。

きみどりは　けんきゅうじょに　行きました。
「いちごの　けんきゅうですか。
かわった　しゅるいが　1つぶだけなら
ありますよ。それは…。」
「それじゃあ　ぜんぜん　足りない。」
きみどりは、けんきゅういんの
ことばの　とちゅうで　さっさと
帰って　しまいました。

オレンジは　いちごの　はたけを
さがしました。
「とても　広いけれど
見おとさないよう　回りたいな。」

スタート

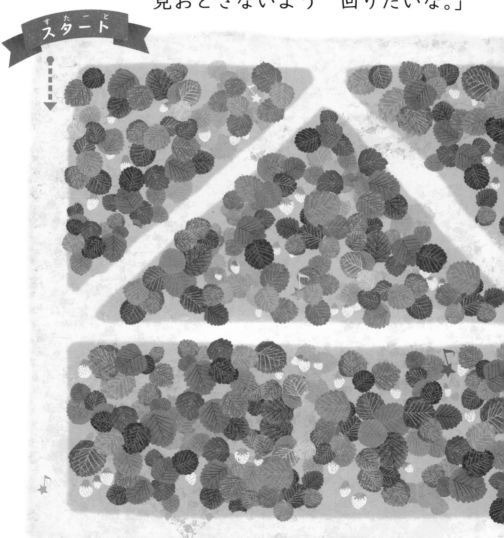

ぜんぶの 道を 1回だけ 通る 歩き方を さがそう

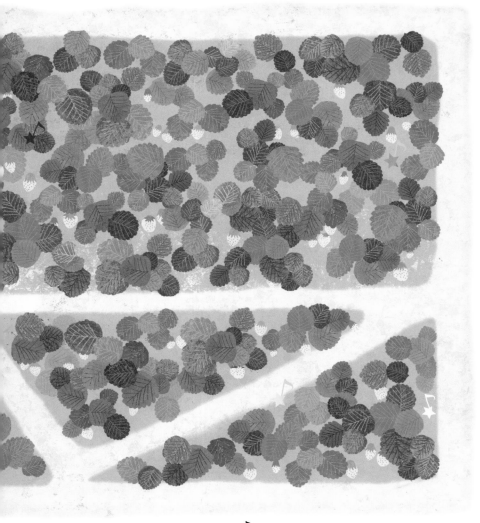

どの　はたけも　見たけれど
まだ　みどり色で　小さな　食べられない
いちごばかり。

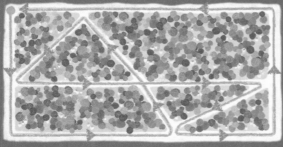

ほかにも
いろいろな
歩き方が
あります。

「これじゃあ　ぜんぜん　足りない。」
オレンジは　なきそうに　なりながら
しろへ　帰りました。

「いちごが あつまらない。
いちごフェスは 中止かな…。」

赤の 声は とても
かなしそう。

「王さまは『はじめての
いちごフェスだー！』って
夜 おそくまで さわいで
いたらしいよ。」

きみどりは ねころんだまま 言いました。

オレンジは、
言いづらそうに 口を 開きました。

「いちごが なくなったって
聞いた 王さま、ベッドから
出られないらしい。」

赤は オレンジの ほうを
むきました。
「やっぱり なんとか
して あげたい。
オレンジ、なにか
考えつかないの。」
「そうだな。
ここまでの 話を
まとめて みようか。」

「はたけには　赤い
いちごは
1つも　なかった。」

「けんきゅうじょの
いちごは　1つぶだけ。
いちごフェスには
足りないよ。」

「市場に　あったのは
つぶれた　いちごだけ。
あじは　とっても
おいしいんだけどね。
もったいないよね。」

「それだ！！」
オレンジが　立ち上がりました。

「どういう　こと。」
赤が　聞きました。

「とにかく　ついて　きて。」
「おいらは　めんどくさいから　いいや。」
「いいから　きみどりも。」
オレンジは　きみどりを
引っぱって　いきました。

キッチンには　赤が「かわいくない」と
分けた、たくさんの　つぶれかけた
いちごが　のこって　います。
「これは　あとで　ジャムにでも
しようかと　とって　おいたんだけど…。」
と　赤が　言うと、オレンジは　うなずいて
いちごを　もっと　つぶしはじめました。
いちごの　いい　においが　します。

「もしかして　これで
りょうりを　作（つく）るの？」

「当（あ）たり！
つぶしちゃえば、見（み）た目（め）は
かんけい　ないからね。」

赤（あか）も、オレンジと　いっしょに
大（おお）いそぎで　いちごを　つぶしはじめました。

「どうせなら、いちごの
げんかいに　ちょうせん
したいよね。」

すみでは、きみどりが
なにかを　作って　います。

きみどりの
となりで、赤が
こまった 顔を しています。

「いちごの ムースが
へんな 形に なっちゃった。
同じ 形を、2つ
作りたいんだけど。」

33

オレンジは、
「いちごの　形、2つに　なるね。」
と　切りました。
「すごい。
本当に　いちごの　形に　切れた。」

赤は　ムースを　とり分けて　いきます。
「ここに　赤い　シロップを　おいて
ミントの　はっぱも　のせよう。」

「それから、シロップは　ハートの
形に　すると　キュートに　なるかな。」
赤の　もりつけで
とても　おいしそうな　ムースに
なりました。

さて、しばらくして、
町の　人たちが　しろに
やって　きました。
いよいよ　いちごフェスが
はじまります。

たくさんの　りょうりが　ならびました。
「ベリベリキュートで、ベリベリおいしい
いちごの　スイーツ、めしあがれ。」

いちごゼリーに　いちごムース、
いちごの　タルトと　いちごの　アイス。
いちごの　ドーナツに　いちご水。
そして　おとな用に　いちごの　おさけ。

すみには
「くらやみいちごテント」が
たてられて　います。
テントの　入り口では、きみどりが
メニューを　書いて　います。

「くらやみテントも
おもしろそう！」

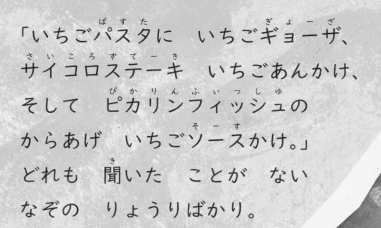

「いちごパスタに　いちごギョーザ、
サイコロステーキ　いちごあんかけ、
そして　ピカリンフィッシュの
からあげ　いちごソースかけ。」
どれも　聞いた　ことが　ない
なぞの　りょうりばかり。

「こんなの
見た　こと　ない。」

「さすが　王さまの
いちごフェス。」

あつまった 人<ruby>ひと</ruby>たちは
どんどん いちごりょうりを
食<ruby>た</ruby>べはじめました。

そこへ　王さまが　すっかり
いい　気分で　いちごフェスに　来ました。
「どんどん　食べるぞ。」

赤と　オレンジは、王さまや
おきゃくさんを　見ながら
にこにこして　います。
「よかった。王さまが　元気に　なってる。」

「楽しい　いちごフェスに　なったね。」
すると、赤が　なにか　さがしはじめました。
「あのさ。
いちごの　絵が　かいて　ある　はこが
家に　あって。いちごと　かんけいが
あるかも　しれないから　もって　きた。」

「なんなの、これ。」
オレンジが　聞きました。
「ずっと　むかしから　あった　はこ。
あけ方が　わからなくて
しまったままなんだ。」

いちごの 数

「どれどれ。」
王さまが 顔を 近づけます。

『びんの ジュースは
えがかれた いちごで つくられた。
その はんぶんは まっかな いちご、
３ぶんの１は ピンクの いちご。
それぞれの かずと
きえた いちごの かずを おせ。』

「これは むかしむかしの
古い 文字だな。」

「古くて 色が
わからないよ。」

44

「まあまあ。わかる　ところから

考えよう。『３分の１』は

同じ　数ずつ　３つに

分けた　うちの　１つ分。つまり

『３等分する』と　いう　ことだね。」

「５この　いちごを　３等分には

できない。半分にも　分けられないし。」

「たしかに　半分に　分けようと

すると　１こ　あまる。」

「ちがうよ　王さま！　あまるんじゃ

ない、足りないんだ。きえた

いちごの　せいで　分けられないんだ。」

「赤、いちごの クッキーを おいて。
この 1こを 入れて 考えるよ。
すると 半分は 3こずつに なる。

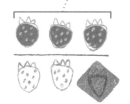 

3分の1だと 2こずつ。
この 3こと 2こを 合わせると、
えがかれた いちごと 同じ
『5こ』に なる。」

オレンジが 早口で
せつめいを しました。

「あれ。さっきまで、
5こは　分ける　ことが
できなかったのに。」

きみどりが　ふしぎそうな
顔を　して　います。

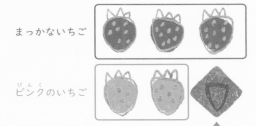

まっかないちご

ピンクのいちご

「1こ　ふやしたから
分けられたんだね。
でも、かってに
ふやして　いいのかな。」

王さまは
少し　しんぱいそうです。

47

「ジュースの　ざいりょうの
いちごは、5こじゃ　ないんだ。
『きえた　いちご』も　ざいりょう　なんだよ。

まっかな　いちごが『ジュースの　半分』。
ピンクの　いちごが『ジュースの　3分の1』。
りょうほうを　足しても
ジュースの　ぜんぶに　少し　足りない。
これが『きえた　いちご』だよ。」

「『きえた　いちご』は、
<u>１つ　ふやした　クッキーの　ことか。</u>」
きみどりは　クッキーを　口に　ぽいっと
ほうりこんで　食べました。
「すると、<u>まっかな　いちごの　３こと</u>
<u>ピンクの　いちごの　２こと</u>
<u>きえた　いちごの　１こが　答えだ。</u>」

王さまは　なぞが　とけて　うれしそうです。
赤が　ゆっくり　３と　２と　１を
おすと、『カチャ』と　音が　しました。

はこから　まぶしい　光が　あふれます。
中には　黄金の　フルートが
入って　いました。

「ベリー きれい。」

赤が　フルートを　ふくと
とても　うつくしい　音が　しました。

「じゃあ、みんなで
『いちごの　ワルツ』を　やろうよ。」
きみどりが　赤と　オレンジを
さそいました。

３人は　音楽学校の　同級生なのです。
赤は　フルート、オレンジは　しき、
きみどりは　バイオリンです。
おきゃくさんが　いっぱいの　大広間に、
おどりたくなるような　きれいな　きょくが
ひびきました。

きょくが　おわると、オレンジが
赤と　きみどりに
あまい　かおりが　する
いちごティーを　もって　きました。

「ありがとう。
しかし　朝は　どうなるかと　思った。」

「なんとか　間に　合って　よかったね。」
赤は　小さな　声で　言いました。

「かわいかったのに　どこへ

きえたんだろう。」

「いちごの　こと。」

「うん。」

54

オレンジは　しずかに　言いました。
「じつは　きのうの　夜中、
ぼうしを　わすれて　とりに　もどったんだ。
大広間を　出た　あと　とびらの　あたりに
人が　いた　ような…。」

「どんな　人。」

「少し　遠かったし、くらくて
よく　見えなかったけど
光る　ぼうしを　かぶって、先の
とがった　くつを　はいて　いたと　思う。」

「光る ぼうしに、とがった くつ。
ここにも 5人 いるよ。」

さがして みよう

♪8この 星の おんぷも さがして みよう

57

「なんだか、光る　ぼうしに
とがった　くつの　人が
たくさん　いる。」

「あそこにも

ここにも

あっちにも。」

「ねえ、その　ぼうしと
くつ、かわいいね。」

「おしゃれな　赤さんに
言われると　うれしい。
これは　今　はやってるの。」

「とても　人気の
組み合わせ
なんだよ。」

そのとき、入り口に
けんきゅうじょの
けんきゅういんが
あらわれました。

「あの、きょう、いちごフェスを
やって　いると　聞きまして。
やはり　なにか　したいと　思い、
けんきゅうじょの　いちごを
もって　きました。」

「1つぶしか　ない
いちごですね。めずらしい
しゅるいなんですか。
じゃあ、どこかに
かざって　おきましょう。」

「ぜひ。よかった。」
はこばれて　きた　いちごを　見て、
みんな　ひっくりかえりそうに　なりました。

なんと、その　いちごは、
大広間の　天じょうにも　とどきそうな、
大きな　大きな　いちごだったのです。
「こ、これは…。」
「けんきゅうじょの　ぎじゅつの　すいを
けっしゅうして　かいはつしました。
つまり、とても　がんばりました。」

「ウルトラ
ビッグ ストロベリー、
いみと しては、
すごく おっきい
いちご、です。」

65

「こんなに 大きい いちごなら これ
1つぶでも いいくらいだったなあ。」
と きみどり。けんきゅういんは
うれしそうに つづけます。「いやあ、
『みんなが はじめて 見るような 新しい
けんきゅうを しなさい』と 王さまに
言われて いたので
作りました。

あまくて　おいしいけれど、こんなに
大_{おお}きいと　食_たべるのも　たいへんだし、
どう　つかえば　いいか　わからないな、
と　思_{おも}って　いました。
もって　きて　よかったです。
では、ここに　かざって　おきますね。」
けんきゅういんは、いちごを　おいて
大広間_{おおひろま}を　出_でて　いきました。

そこへ、王さまが
いちご水を　手に　やって　きました。
「こんなに　大きい　いちごは
はじめて　見たぞ！

しかし　たくさん
食べたから、
ちょっと　一休み。」

「王さま、いちごりょうりは　どう？」
「どれも　おいしいよ。
とくに　くらやみいちごテントの
ピカリンフィッシュからあげ
いちごソースにこみは　はじめて　食べた。
わくわくした。」
オレンジは　少し　わらった　あと、
会場を　見ました。

「しかし　たくさん　人が　いるなあ。」
「この　会場に　いる　人　みんなが
あやしく　見えるね。」

「王さまは
だれだと　思う。」

「だれって　なにが？」

王さまは、いちご水を
のむのを　やめて、
赤の　ほうを　むきました。
「きのう　よういして　あった
ベリー　かわいい　いちごを
ぜんぶ　とった　人。」

「よういして　あった　いちご…？」
「朝、いちごが　ぜんぶ
なくなって　いたでしょう。」

「きのうの　いちごか！
『まよなか生のいちごフェス』ね。
きょうの　『いちごりょうり
フェス』も　いいけど、
くらやみで　いろんな　しゅるいを
食べるのも　楽しかった。
よく　考えたなと　思って
たくさん　食べたよ。
ほかにも
おきゃくさんは
いたのかな。
くらくて　よく
わからなかったけど。」

まよなか生の

ちごフェス

いちごりょうりフェス

3人は　びっくりして
力が　ぬけました。
「朝、おきて　こなかったのは
いちごフェスの　中止を
かなしんで　いたんじゃ
なくて…。」

「朝は　本当に
おなかが　いっぱいで、
ベッドから
うごけなかった。」

王さまの　頭には　光る　かんむり。
足は　とがった　くつを　はいて　います。

大広間の　5人と　王さま。
みんな　光る　ぼうしに　とがった　くつ。
あらためて　オレンジは
夜に　見た　かげを　思い出しました。

同じ　形の　かげは　だれ

「王<ruby>おう</ruby>さまが　ぜんぶ
　　　　食<ruby>た</ruby>べたのかーー！」

オレンジは
大きな　声で　さけびました。
王さまは　オレンジの　ことばを
ちっとも　気に　せず　上きげんです。

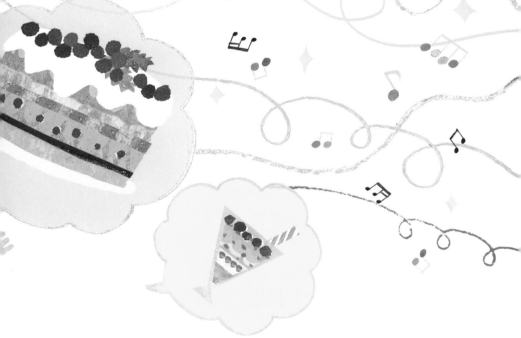

「とっても　おいしかった。
つぎは　ぶどうフェスが　いい。
今回みたいに　2回やるのも　いいね。
それに　オーケストラも　ほしい。
よろしく　たのむよ、みんな。」

はじめて王国の　空に、　3人の
「いいかげんに　して。」
という　声が　ひびきわたりました。

おしまい

１７頭のらくだ

５つのいちごからジュースを作るなぞはとけたかな？
もとになっているのは、「１７頭のらくだ」という問題だよ。

> むかしむかし、アラビア半島のあたりで男が死にました。そのむすこ３人は、生きている１７頭のらくだをもらうことになりました。
>
> 男は「長男には半分、次男には３分の１、三男には９分の１をあたえる。」と言い残していました。ところが１７頭のらくだを、半分にはできません。
>
> ３人が困りはてていると、１頭のらくだを連れた旅の数学者が話を聞き、「それなら、わたしのらくだを置いていこう。」と言ったので、１８頭のらくだを分けました。長男は９頭、次男は６頭、三男は２頭。すると１頭あまったので、そのらくだを連れて旅の数学者は去っていきました。

１７頭では分けられなかったのに、１頭増えると１７頭を分けられて、さらに１頭あまるという結果。とってもふしぎだよね。どうしてそうなるのか、じっくり考えてみると、いちごの問題も、とつぜん新しい見え方に変わるかも！

３つのいちごのはなし

◉いちごギョーザ
ウクライナ料理のワレニキ（ヴァレーニキ）が、いちごギョーザのモデル。サクランボが入った水ギョーザだよ。サワークリーム（スタメナ）をたっぷりかけて食べる、あまずっぱくて人気の食べ物。皮が厚くて、もちもちしているよ。

◉いちごのきせつ
いちごは、ふつうに育てると３〜６月に食べられるよ。新しい種類を作ったり、育て方を工夫したりして、いまはほぼ一年中とれるようになったんだって。

◉いつものいちご
いちごはやわらかくて、長い時間、運ぶことができない種類がたくさんあるよ。だから「いつも食べているいちご」は、自分たちが住んでいるところだけのいちごかも。「とちおとめ」や「やよいひめ」「あまおう」はつぶれにくく、日本中で食べることができる人気の種類だよ。

いま、日本で食べられているいちごは、南アメリカ大陸にあった２種類のいちごから作られたんだって。

文／とうじょうさん
絵／たちもとみちこ（colobockle）
問題／小澤博則（浜学園）
デザイン／植草可純、前田歩来（APRON）
音楽協力／GAKU
校正／日本レキシコ
日本語監修／小学館 国語辞典編集部

制作／望月公栄、斉藤陽子
宣伝／野中千織
販売／筆谷利佳子
編集／大野美和

はじめて王国 ❷
ぜんだいみもんの いちごフェス

2020年3月30日　初版第1刷発行

発行人／金川 浩
発行所／株式会社 小学館

〒101-8001
東京都千代田区一ツ橋2-3-1
編集：03-3230-5170
販売：03-5281-3555
印刷所／大日本印刷株式会社
製本所／牧製本印刷株式会社

© とうじょうさん・colobockle・小学館／2020
Printed in Japan
ISBN978-4-09-289779-3

いちごのワルツ

し 赤 きょく オレンジ

だれ も しら ない　ひみつ の　お　は　なし

まっかな いちご の　ほんと う　の　しゅ や く は ね

ち い さ な　ち い さ な つ ぶ の　と こ

ぷ ち ぷ ち ぷ ち　り　あ ー あ お い し い　ぷ ち ぷ ち ぷ ち　り

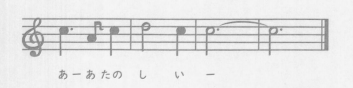

あ ー あ た の　し　い ー